Impact

W9-AWP-908

Offert á :

_____

_____

De : _____

Pour : _____

Date : _____

Données de catalogage avant publication (Canada)

Desrochers, Jacques, 1945-
    La cachette de Julien
    (Impact jeunesse)
    ISBN 2-922762-08-4

I. Berghella, Nadia. II. Titre. III. Collection.

PS8557.E842C32 2001   jC843'.6   C2001-940382-8
PS9557.E842C32 2001
PZ23.D47Ca 2001

Auteur : Jacques Desrochers
Illustratrice : Nadia Berghella
Conceptrice graphique : Marianne Tremblay

© Éditions Académie Impact
    C.P. 4157, Lac-Beauport (Québec)
    G0A 2C0

    Téléphone : (418) 841-3790
    Télécopieur : (418) 841-4491
    Sans frais : 1-888-8GUÉRIR
    Courriel : impact@globetrotter.net
    Site Web : www.academie-impact.qc.ca

ISBN 2-922762-08-4

Dépôt légal : 1er trimestre 2001
Bibliothèque national du Québec
Bibliothèque national du Canada

La cachette de Julien

Texte de Jacques Desrochers
Illustrations de Nadia Berghella

Julien était un petit garçon vraiment extraordinaire. Bien peu de gens le connaissaient réellement et c'était ce mystère qui le rendait si attirant. Quoiqu'il habitât dans une famille normale, il s'était fabriqué une cage de glace qui ne fondait jamais entièrement et qui avait la propriété de s'ouvrir de temps en temps, juste assez pour qu'il reçoive de la nourriture, qu'il change de vêtements ou, encore, quand il se sentait suffisamment en sécurité, pour lui permettre de sortir.

Puisque Julien avait choisi de vivre à l'intérieur de ses murailles de glace, sans le dire à personne, il était obligé de faire certaines concessions comme accepter, à l'occasion, de se laver. Ce qu'il consentait à faire avec, on s'en doute bien, beaucoup de mauvaise grâce. L'eau faisait fondre sa carapace et il se sentait tout petit, tout mou et tout nu sans elle. Je vous dis que ses bains ne duraient jamais bien longtemps, car après chaque toilette, il devait s'isoler davantage afin de fabriquer de nouveau son château de glace. Pour ce faire, il devait mettre de la distance entre lui et les autres.

La méthode que Julien avait choisie pour s'isoler était excellente, car elle avait l'avantage de ne pas lui attirer d'ennuis. Évidemment, parce que de la glace, c'est transparent, n'est-ce pas ? Cela rendait sa cachette très pratique puisqu'elle sauvait les apparences. Dès qu'il sentait un danger, il allait s'enfermer dans sa cage. Ainsi, il ne cessait pas d'exister aux yeux des gens et personne ne se rendait compte de sa dis-

parition. Il continuait à suivre les conversations et à être au courant de tout ce qui se passait. On pouvait même s'adresser à lui : il répondait alors le strict minimum, sur un ton poli, de sorte que personne ne pouvait lui reprocher quoi que ce soit. De cette façon, il restait toujours gentil.

Partout, il était gentil : avec les étrangers, les camarades de classe, les amis. Sauf que les gens qui passaient plus de temps avec lui finissaient tous par sentir un certain malaise. Un malaise très difficile à définir, glacial, aurait-on dit.

Plus on vivait près de lui, plus on ressentait à son approche de la froideur. Cela alimentait d'autant plus l'inconfort qu'on ressentait. Moi, quand j'ai froid, je grelotte. Pas vous ?

Julien n'avait presque jamais le goût de sortir. Quand il finissait par accepter une invitation, il avait toujours très hâte de revenir à la maison pour se reposer et refaire ses forces dans sa cage de glace. Là, tout seul, il se sentait vraiment à l'abri. Il se sentait fort. Il jouait avec ses bonshommes, il faisait des constructions, s'occupait des animaux de leur petite ferme. Il était très occupé.

Sa famille ne se rendait pas vraiment compte qu'il se cachait. Les gens qui l'entouraient disaient :

« *Julien est un solitaire. Ce n'est pas un aventurier. Il aime les gens, mais, pas trop. Il est comme un ours, c'est ainsi.* »

Un jour, pourtant, lors d'une de ses rares sorties, Julien sentit son cœur fondre et s'embraser pour une petite fille du nom de Rosalie. Elle était toute transparente : il pouvait voir à l'intérieur d'elle. Il remarqua qu'elle n'avait aucune malice et, en la regardant de plus près, il se rendit compte qu'elle n'avait pas de cage. Il se sentait très attiré par elle. Il se disait :

« Elle doit être vraiment très forte pour oser être si décontractée devant tout le monde. Elle a l'air si bien dans sa peau. J'aimerais ça être comme elle. J'espère qu'elle va me remarquer. »

La cage de Julien fondait à vue d'œil. Comme il savait être tout à fait charmant, il prit une grande respiration, s'approcha d'elle et lui dit :

« *Bonjour, je m'appelle Julien et j'ai des animaux chez moi, à la maison. Est-ce que cela te tente de venir les voir ? C'est moi qui m'en occupe. J'en prends grand soin et je leur fais écouter de la musique.* »

Rosalie regarda le petit garçon et fut agréablement surprise par ses immenses yeux bleus. Elle répondit :

« *Tu as des animaux ? Lesquels ?* »

Julien s'enhardit et commença à lui raconter l'histoire de ses poules, de son agneau et
de son petit veau. Il lui dit comment il s'en
occupait, qu'il en était le seul responsable
et lui décrivit les réactions de ses animaux
aux différentes musiques qu'il leur faisait
entendre. Rosalie, qui ne connaissait rien
aux bêtes, en était fort impressionnée.

Voyant cela, Julien en mit encore davantage.
Il pouvait être un excellent conteur. Il lui
expliqua donc en détail toutes les choses
qu'il faisait et tous les jeux auxquels il jouait
afin de la décider à accepter son invitation.

Rosalie se sentit fléchir. Julien avait l'air d'un garçon vraiment gentil. Décidément, il lui plaisait. Elle lui sourit encore davantage en le regardant dans les yeux. En dépit des sentiments qu'elle sentait naître, elle lui répondit avec un petit air contrit, mais tout de même coquin :

« *J'apprécie ton invitation, mais je ne peux accepter car j'ai déjà tout plein de choses à faire cette semaine. Une autre fois si tu veux.* »

Julien retourna immédiatement dans son palais de glace, fit mine de rien, la salua et quitta les lieux. Rosalie, d'abord un peu surprise de sa réaction, s'en contenta. Elle se dit :

« Comme c'est étrange : autant il avait l'air vraiment intéressé à me connaître, autant il renonce à la première occasion. Bizarre. »

Mais, dans son fort intérieur, elle était contente que Julien n'insiste pas trop : cela lui permettrait de rêver à lui. Il était apparu aussi vite qu'il était disparu et il avait l'air si gentil !

« *J'aurais peut-être dû accepter son invitation. Et si je ne le revois pas ? Tant pis ! Après tout, il n'avait qu'à persévérer un peu plus. Et puis, je ne me sens pas seule, c'est vrai que j'ai beaucoup de choses à faire cette semaine...* N'empêche, se remit-elle à rêver en souriant, *je serai bien contente de le revoir, si je le revois jamais !* »

De son côté, Julien pensait également à Rosalie. Chaque fois qu'il y songeait, son cœur se réchauffait. Il pensait :

« *Comment vais-je faire pour la revoir ? Ce que je lui disais semblait l'intéresser : elle me faisait des grands sourires. Bien sûr qu'elle doit être très occupée. Tout le monde doit vouloir être avec elle, on doit l'inviter partout. Elle est si gentille et elle a un si beau sourire. Oui, il faut que je la revoie.* »

Julien prit son courage à deux mains et décida d'appeler son cousin chez qui il avait rencontré Rosalie afin de lui demander comment la rejoindre. Peu importe ce que son cousin pourrait penser de lui, Julien était décidé, il voulait à tout prix la revoir.

« *De toute façon, se dit-il, je n'ai qu'à l'appeler de mon palais de glace. Comme ça, s'il rit de moi, je n'aurai rien à craindre, je serai protégé.* »

Ce qu'il pensait était tout à fait juste. Car quand Julien parlait ou demandait quelque chose de l'intérieur de sa forteresse de glace, cela provoquait une réaction de gel. Personne ne se risquait à rire de lui. En tout cas, si cela arrivait, cela n'avait que bien peu de conséquences, car, dans ces moments-là, Julien devenait hors d'atteinte et, cela, tout le monde le sentait. C'était un peu comme si on essayait d'attraper au vol un ballon plein de beurre : il n'offrirait aucune prise et nous glisserait entre les mains. La tour de glace provoquait le même effet sur les gens qui s'adressaient à Julien quand il s'y cachait.

Il l'appela donc et réussit à la revoir.

Au début, il se risqua à sortir de son palais. Il savait se montrer très attentif et très chaleureux. Il inspirait confiance. Il attendrit si bien Rosalie qu'elle tomba follement amoureuse de lui.

Elle pensait à Julien presque sans arrêt et ne désirait qu'une chose : se retrouver auprès de lui. Elle le trouvait si beau, si fort, si attachant. Il était intelligent, doux, sensible, ouvert, délicat, et elle aimait tous les jeux qu'il lui montrait. Elle était fascinée. Quand ils étaient ensemble, ils devenaient les plus forts. Personne ne pouvait leur faire de mal.

Pendant des jours et des semaines, ils filèrent le parfait amour. Julien était radieux. Ses parents le trouvaient transformé. Il se dégageait de lui une immense chaleur et une ouverture auxquelles ils n'étaient pas habitués. C'était parfaitement réconfortant de le voir ainsi. Julien et Rosalie étaient devenus des inséparables et personne ne s'en plaignait, car le tempérament du garçon avait connu, au contact de Rosalie, une amélioration très perceptible : il était heureux.

Puis, un jour, Rosalie invita deux de ses amies à jouer avec eux. C'est à ce moment que les choses commencèrent à se gâter. Rosalie, toute contente, les présenta à Julien. En apparence, ce dernier leur fit bon accueil. En apparence seulement, car Rosalie se sentit immédiatement toute drôle.

Elle regardait Julien et se demandait ce qui
se passait. On aurait dit que le lien était
coupé. Il faisait plutôt frisquet auprès de
lui. Quand ses amies furent parties, Rosalie
demanda à Julien ce qui s'était passé, mais
celui-ci refusa de lui répondre.

« *Il ne se passe rien* », répondit-il sur un ton impatient. « *Je suis un peu fatigué, c'est tout.* »

Rosalie ne comprenait plus rien et, plus elle questionnait Julien, plus il se refermait et refusait de parler. Quelqu'un de mieux avisé aurait pu voir le thermomètre descendre, la température se refroidir et les murs de glace réapparaître.

Rosalie était toute triste.

« *Qu'est-ce que j'ai fait ?* se demanda-t-elle. *Pourquoi est-ce que je me sens ainsi ? Il doit bien s'être passé quelque chose ! Ce n'est plus du tout pareil avec Julien.* »

Je voudrais bien vous raconter que Rosalie était une petite fille très sage qui connaissait d'instinct le bon comportement à adopter avec Julien afin de ne pas être contaminée par son étrange comportement. Mais ce serait faux. Rosalie ne savait pas quoi faire.

Tout d'abord, elle insista auprès de Julien en lui exprimant avec force qu'elle ne pouvait pas se tromper à ce point sur ce qu'elle ressentait. Elle se fâcha, se mit en colère et l'enguirlanda. Comme Julien n'aimait pas du tout se faire chicaner, il fabriqua encore un peu plus de glace, ses murs devinrent de plus en plus épais et il continuait à nier ce que Rosalie ressentait. Rosalie se fâcha encore plus : elle menaça de le quitter et de ne plus jamais revenir jouer avec lui. Elle avait mal et les paroles qui sortaient de sa bouche avaient, de plus en plus, l'effet d'une bombe : elles étaient dévastatrices.

Elle voulait à tout prix le faire réagir afin de faire fondre la glace qu'elle ne voyait pas, mais qu'elle sentait pourtant tout à fait réelle.

N'oubliez pas que personne ne pouvait voir la cage de glace dont s'entourait Julien : elle était invisible. Rosalie n'était pourtant pas folle ! L'atmosphère se refroidissait vraiment quand Julien s'y réfugiait. Son amie le sentait bel et bien, ce changement de température, et elle n'aimait pas ça du tout.

Comme Julien refusait toujours de communiquer, Rosalie décida de changer de tactique et se résolut à prendre ses distances. Elle se dit :

« Et si je faisais comme lui ? Moi aussi je pourrais refuser de jouer avec lui. Je pourrais faire semblant que sa froideur ne m'atteint pas et m'occuper à autre chose. C'est ça, je ferai mon indépendante, comme lui. Il va bien voir ce que cela provoque. »

C'est ce qu'elle fit. Elle s'éloigna et Julien, comme par enchantement, se rapprocha un peu.

« Ça marche ! » se dit-elle avec satisfaction.

Mais elle fut incapable d'accueillir Julien avec le même enthousiasme qu'auparavant. Sa blessure était trop récente pour se refermer toute seule sans aucun soin. Elle voulait comprendre pourquoi il s'était éloigné ainsi afin que jamais plus il ne recommence. Cela faisait trop mal de se sentir ainsi rejetée.

« Un jour, je suis ce qui compte le plus dans sa vie, mais le jour suivant, on dirait que je ne compte plus du tout à ses yeux ! En plus, il refuse d'en parler. Il fait comme si ça n'était jamais arrivé. »

Décidément, elle ne voulait plus jamais vivre un tel malaise.

Rosalie prit alors une nouvelle décision. Sans le dire à personne, elle se rendit chez le magicien du village.

Elle lui expliqua ce qui s'était passé et lui demanda de lui donner une potion pour que Julien demeure toujours chaleureux. Le magicien Majestruc lui dit :

« Hum, le problème que tu soulèves est très intéressant. Tu sens comme s'il y avait des murailles de glace qui l'entouraient et, autant tu te sentais bien avec Julien, autant tu as froid maintenant auprès de lui. Et tout ça, bien sûr, sans qu'il ne se soit rien passé.

- C'est bien ça, répondit Rosalie, *et même que
je grelotte quand je suis auprès de lui. J'ai vraiment la chair de poule. Plus ça va, moins je me
reconnais, j'ai l'impression de devenir folle.*

- Ce que tu sens est bien réel, reprit Majestruc,
et je te félicite de t'y être fiée.

Il faut toujours se fier à nos sens, car ce sont nos plus fidèles serviteurs. Ils sont les indicateurs qu'il faut suivre afin de retrouver notre route.

- Mais, c'est justement pour ça que je suis venue vous consulter. Je me sens perdue et je ne sais pas comment retrouver mon chemin, gémit Rosalie. *Je veux que Julien redevienne mon ami. Est-ce qu'il existe une potion qui l'aiderait à redevenir comme avant ?*

- *Il existe bien différentes potions, mais leurs effets sont tous très limités. Cela marcherait pour un temps, mais il faudrait toujours recommencer. Le problème de Julien ne dépend absolument pas de toi. C'est un problème de confiance. Dès qu'il doute de lui, il se met à douter de tous ceux qui l'entourent et, afin de ne pas trop souffrir, il se met à l'écart tant que le danger ne s'est pas dissipé.*

- *De quel danger parlez-vous, monsieur Majestruc ? Avec moi, Julien ne court aucun danger !* s'indigna la petite fille.

- *C'est ce que tu crois, toi. Julien, lui, voit les choses tout autrement.* »

Et le magicien poursuivit :

« *Il faut toujours qu'il se sente le plus fort. Il n'accepte pas de se sentir vulnérable. Dès qu'il ne maîtrise pas la situation ou qu'il ne connaît pas toutes les règles d'un nouveau jeu, il s'isole et se retire. Il fabrique alors de la glace pour être bien certain que personne ne l'approche. Et, d'après ce que je constate, son stratagème réussit plutôt bien, n'est-ce pas ?* »

Rosalie fut bien obligée de constater que Majestruc semblait avoir raison.

« *Si les potions ne fonctionnent pas, il doit bien exister une autre solution ?* répliqua Rosalie.

37

- Bien sûr qu'il y en a une, mais elle dépend entièrement de l'intensité des sentiments qui vous unissent et du doigté dont tu devras faire preuve.

- Je ne doute pas de nos sentiments, mais pour le doigté, j'en suis moins certaine, répondit la fillette.

- Rassure-toi Rosalie, si tes sentiments sont purs, le doigté ne posera aucun problème.

- Que faut-il faire ? demanda Rosalie.

- D'abord, tu devras lui dire ce que tu ressens avec tout ton cœur. Ensuite, si tu sens qu'il est d'accord, vous devrez trouver un truc qui ferait en sorte que, chaque fois qu'il sera tenté de fabriquer de la glace, il devra remplacer cette stratégie par le truc. Toi-même, dès que tu sentiras la température descendre, tu devras également utiliser ce truc. Tu sais, il y a des astuces qui fonctionnent mieux que des potions. Dans votre cas, parler n'est pas suffisant. Ce serait comme essayer de remettre une horloge à l'heure sans faire bouger les aiguilles ou modifier ses chiffres. Es-tu prête à le faire ? demanda Majestruc à Rosalie.

- Cela ne sera pas facile, lui dit Rosalie, mais je vais essayer. Et tant pis si je me trompe. »

Elle s'arma de courage et retourna voir Julien.

- « Julien, je dois te parler et je ne sais pas quels mots utiliser parce que je ne veux pas te blesser. Je sens que tu m'as retiré ta confiance et cela me chagrine beaucoup. Je ne sais pas pourquoi tu as fait cela. Ce que je sais, c'est qu'il fait froid auprès de toi quand tu es comme ça et je n'aime pas avoir froid. Habituellement, quand j'ai froid, je m'habille plus chaudement ou je monte le thermostat, mais, dans ce cas-ci, tu es le seul à pouvoir y toucher. Malgré toute ma bonne volonté, je suis impuissante à changer quelque chose. Si j'étais bien auprès de toi, c'est parce que tu me faisais confiance et qu'on partageait nos jeux, mais tout à coup, tout a changé et, en plus, tu refuses de m'en parler.

Ce que je sais, ajouta Rosalie, c'est que la froideur ne réussit qu'à me figer. Cela me fait perdre tous mes moyens et moi aussi je deviens méfiante. Dis-moi franchement Julien, est-ce que tu veux qu'on joue encore ensemble ?

- *Bien sûr que je le veux*, répondit Julien.

- *Oui, mais alors, comment on va faire pour être certains que tu ne te réfugies plus à l'intérieur de tes murailles de glace ?* »

Julien s'approcha de Rosalie tout doucement et lui tendit sa main gauche, la main de son cœur. Surprise, Rosalie le regarda. Il lui enveloppa la main et alla toucher son pouls. Rosalie fit de même. Elle sentait battre la vie dans le bras de son ami et c'était tout chaud.

« Chaque fois que tu te sentiras blessée par mon attitude, tu viendras mettre ta main gauche dans la mienne et, moi, je ferai la même chose si jamais je me sentais rejeté à mon tour, lui proposa-t-il. Comme ça, on ne perdra plus de temps à s'éloigner, à se chicaner et à s'en vouloir. Je sens bien que les murailles qui m'entourent ne me protègent pas vraiment puisqu'elles me font perdre ta confiance. De cette manière, ça m'aidera à m'en débarasser. Es-tu d'accord ? »

Rosalie était ébahie.

« *Quel truc formidable !* pensa-t-elle. *On dirait que le magicien lui a parlé ! Je ne lui ai pourtant rien dit ! Julien est un garçon vraiment extraordinaire et j'ai raison de l'aimer. On n'a pas besoin de lui dire les choses, il les sent.* »

À partir de ce jour, Julien et Rosalie devinrent des amis inséparables. Ils s'aimaient tellement et avaient tant de plaisir à être ensemble que tous ceux qui les voyaient ne pouvaient s'empêcher d'être heureux et de sourire.

Ils grandirent et firent le tour du monde : ils étaient tellement lumineux que partout sur leur passage, la nuit faisait place au jour. Au début, le truc leur fut extrêmement utile, mais plus ils se connaissaient, plus ils se faisaient confiance, plus ils étaient heureux et moins il leur était nécessaire d'y avoir recours. Ils n'avaient qu'à se regarder d'un œil complice et… le tour était joué !!!